KB052731

거기, 있나요?

거기, 있나요?

이 필 원 소 설 ― 조 승 연 그 림

낮은산

불행은 예고하고 찾아오기도 했다. 가끔은 나 갈게, 곧 갈 테니 마음 단단히 먹고 있어라, 하고 오는 것이다.

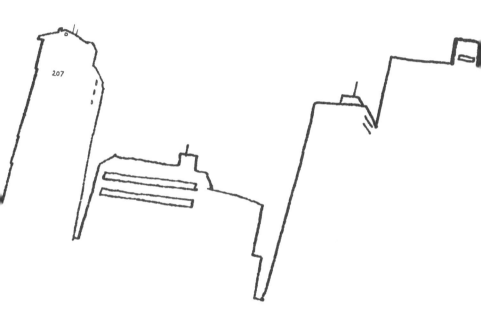

그러니까 지금으로부터 2년 전, 내가 중학교에 막 입학했을 무렵이었다. 할머니의 기와집이 무너졌다. 흰개미 떼가 아름다운 고택 기둥을 야금야금 갉아 먹은 것이다. 당시에 아무도 집에 머물고 있지 않아서 다행히 다친 사람은 없었다.

어쩌면 집도 버틸 만큼 버텼는지 모르겠다. 말없이 한참 버티다가 에잇 이놈의 개미들 가려워 죽겠네, 하면서 스스로 주저앉아 버린 걸지도 모른다고 은규는 말했다.

할머니의 기와집이 무너졌다는 소식을 들은 날 밤 방에 찾아와 누나, 하고 말문을 연 은규 표정은 아주 진지했다. 할머니보다 나이 많은 그 집이 에구구구 얘들아 안녕, 외치며 떠난 거 아니겠냐고 종알거렸던 은규로 말하자면 내 동생으로, 말이 많았다.

다섯 남매를 조금도 대표하지 못하는 외삼촌은 유일한 아들이라는 이유로 할머니 집을 물려받았고 난데없는 불행의 거의 모든 원인이 되었다.

외삼촌이 받은 행운은 잘 부서지는 특성을 가졌던 모양인지 금방 산산조각이 났다. 안경 렌즈에 묻은 손자국을 닦는 것조차 귀찮아하는 외삼촌은 당연히 고택 관리에 소홀했고, 그 때문에 기와집 한 귀퉁이가 눅눅해진 과자처럼 무너지고 말았으니 무조건 흰개미 탓만은 아니었다.

집이 무너져도 대책 없는 외삼촌 소식을 메신저로 먼저 전해 들은 이모들은 주말에 한자리에 모여 벌 떼처럼 붕붕 화를 냈다. 나는 무척 안타까웠다. 할머니의 할머니 때부터 살아온 그 집은 아주 견고하고 아름다웠다.

고택은 명절마다 전국 각지에 흩어져 사는 가족을 한곳으로 불러 모으는 힘이 있었다. 할머니 집을 중심으로 우리 집안만의 인력권이 작용해 왔다고 할 수 있는데, 그 힘의 소유자가 에고 없이 바뀌었다는 이야기를 외삼촌에게 들은 건 지난주 토요일이었다. 우리 집안은 다시 난리가 났다.

"이 집, 팔았다."

외삼촌이 고택으로 모두를 불러들여 한 말은 엄마와 이모들을 벌떡 일어나게 했다. 아궁이 앞에 앉아 무료함을 달래던 나와 은규는 어렴풋하게 쏟아지는 이모들의 욕설을 건너 들으며 눈빛을 교환했다.

외삼촌이 뭔가 또 사고를 친 모양이지. 먼지 속에 철거될 뻔했던 집의 보수공사를 마치기도 전에.

"제정신이야!"

그렇게 외친 엄마가 대표로 외삼촌 어깨를 흔들었을 것이다. 나뭇잎처럼 흔들리면서 외삼촌은 고개를 들지 못했겠고 말이다.

"빚, 빚을 갚아야 했어."

"오빠 명의로 돼 있어도 오빠만의 집이 아니란 걸 알잖아!"

"미안하다."

어깨를 축 늘어뜨린 외삼촌을 보며 이모들은 이마를 짚거나 신음을 흘렸다. 솔부엉이를 닮은 외삼촌의 겁먹은 얼굴 때문에 이모들은 화를 더 낼 수도 없었을 터였다. 나와 은규가 살그머니 다가갔을 땐 이미 상황 종료였다.

세상에 단 하나뿐인 집은 그렇게 다른 사람에게 넘어갔다. 할머니 집은 더 이상 할머니의 집이 아니었다.

"누나, 그럼 우린 이제 어디서 고라니 똥을 보지?"

은규가 시무룩하게 물었지만 나는 아무 말도 하지 못했다. 할머니가 일궈 놨던 텃밭에서 고라니 흔적을 찾으며 즐거워하는 동생을 이해할 수 없었다.

우리는 한동안 우울에 잠겨 지내야 했다. 그러나 우울한 사건은 거기서 끝이 아니었다. 오랜 세월 반복돼 온 불행의 법칙처럼, 한 번 발생한 문제는 그보다 더 크거나 진득한 문제를 불러왔다. 할머니 집이 무너져 내린 일보다, 외삼촌이 한마디 상의 없이 그 집을 팔아넘긴 일보다 더 엄청난 문제가 생긴 것이다.

그건 아주 희한한 일이었다.

줄곧 우리 곁에 숨어 있는, 조용히 머물다가 사라지는, 차원이 다른 보호자와 대화를 나눴던 밤. 모든 게 꿈속 같았던 만남은 그러니까 한 손님 덕분에 이루어졌다.

그 여자가 찾아온 건 외삼촌이 울먹이며 할머니 집을 팔았다고 고백한 날로부터 일주일이 지나서였다. 여자가 처음 전화를 걸었을 때 집에는 마침 나 혼자 있었다.

"사숙 부동산인데요. 혹시 어머니 계세요?"

수화기 너머의 여자는 나직하고 점잖은 목소리로 그렇게 물었다. 열여섯 살인 나보다 연장자일 게 뻔한데도 여자는 내내 존댓말을 썼다. 살면서 마주친 거의 모든 어른으로부터 당연히 반말을 들었기에 나도 모르게 존댓말을 해 주어서 고맙다고 말할 뻔했다.

"엄마 지금 안 계신데요."

"언제쯤 오실까요? 어머님 핸드폰으로는 통화가 안 돼서요."

"밤이 돼야 오세요."

너무 두루뭉술하게 대답했나 싶어 설명을 이으려다가 입을 다물었다. 낯선 사람에게 엄마의 귀가 시간과 이동 경로에 대해 자세히 밝힐 필요는 없을 것 같았다. 아무래도 위험한 세상이니까. 삶의 모든 영역에서 적당히 비밀스럽게 사는 편이 좋으니까.

"그렇군요."

여자가 작게 한숨을 내쉬었다.

"그럼 나중에 다시 전화 드려 볼게요."

그렇게 통화가 끝났지만 엄마는 그날 부재중 목록을 자세히 훑어보지 않은 모양이었다. 나 역시 오늘 몇 시쯤 엄마를 찾는 부동산 사람이 집으로 전화를 걸어왔는데 혹시 연락해 봤냐고 묻는 일을 잊었다. 아빠가 퇴근길에 쫄면과 군만두를 사 와서 이게 웬 쫄면과 군만두냐고 흥분한 탓이다.

그러므로 다음 날 저녁 집으로 그 여자가 찾아온 건 당연한 일이었을까.

"안녕하세요. 언순영입니다."

여자는 흘러내린 잔머리가 유난히 마음에 새겨지는 사람이었다. 회색 정장을 단정히 입은 그는 많아 봐야 30대 후반으로 보였는데, 나는 티브이에서나 볼 법한 멋진 사람이 손만 뻗으면 닿을 거리에 있다는 사실이 믿기지 않아 멍하니 올려다보고 말았다.

여자가 엄마에게 명함을 건넸다. 그는 나에게도 명함을 줬고 나는 그것을 조심히 들고 몇 번이나 읽었다. 이름과 직업, 전화번호만 적혀 있는 소박한 명함이었다.

"원래 부동산 일이란 게…… 집까지 찾아오는 건가요?"

"급한 경우에만 찾아뵙습니다."

엄마가 미심쩍은 눈초리로 묻자, 현관문 앞에 선 여자가 고개를 저었다.

"처인구에 있는 고택 일입니다."

"고택이요?"

"금준경 씨가 살던 집 말입니다."

나도 엄마도 눈을 가늘게 떴다. 금준경은 할머니 이름이었다.

"최정완이는? 제가 아니라 그쪽이랑 얘기해 봐야 하는 거 아닌 가요?"

제일 먼저 찾아갔어야 할 외삼촌에 대해 물으니, 이번에도 여자는 차분히 대답했다.

"어머님께 연락해 보라고 하시더군요. 명의는 최정완 씨 앞으로 돼 있었지만 실은 여동생들의 집이라고요. 최혜수 씨가 여동생들을 대표한다고요."

나는 솔부엉이처럼 커다란 외삼촌의 눈망울을 떠올리며 과연, 하고 생각했다. 외삼촌은 집안에 무슨 일이 생기면 대체로 엄마에게 조언을 구하는 편이었다.

엄마는 여자에게 잠깐 들어오시라고 하며 조금 비켜섰다. 여자는 그럼 실례하겠습니다, 하고 누군가에게 인사하듯 고개를 숙이곤 집 안으로 들어섰다. 우리는 거실에 앉았다. 엄마가 깎아 온 사과를 가운데 두고 잠시 불편한 침묵이 흘렀다.

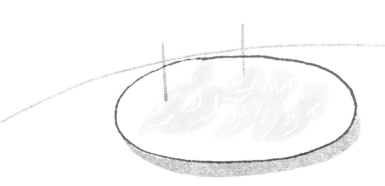

"아시는지 모르겠지만, 약간 문제가 생겼습니다."

여자가 먼저 입을 열었다. 나는 그 말을 듣자마자 문제의 크기가 '약간'이 아니란 걸 알 수 있었다.

"매수인이 집을 밀어 버리고 새 건물을 올리고 싶어 하는데, 그게 간단한 일이 아니라서요."

"뭐라고요? 그 귀한 집을 밀어 버리겠대요?"

엄마의 떨리는 목소리에서 지금 막 출렁이기 시작한 분노가 느껴졌다. 엄마는 여자가 배낭에서 꺼낸 각종 서류를 보며 애써 표정 관리를 했다.

"대지 면적이 꽤 되는 곳이니 새 건물을 올리면 아마 지금보다 값이 두세 배 오를 겁니다. 소문으론 제약 회사에서 그 근방 땅을 사들일 거라는데, 발표된 게 따로 없어서 믿을 순 없고요. 그런데……"

그런데, 하고 여자가 뜸을 들여서 우리는 그런데요, 하면서 상체를 기울였다.

"문제는 따로 있습니다. 부동산을 거래하기 전에 먼저 처리해야 할 일이 있는데, 그 절차를 최정완 씨가 싹 무시하셔서 곤란해졌어요."

"뭘 빠트렸어요?"

엄마 목소리가 커졌다.

"혹시 그 집으로 담보라도 잡혔나요?"

금방이라도 벌떡 일어날 것처럼 어깨를 들썩거리는 엄마를 보면서도 여자는 조용히 말을 이었다.

"아닙니다. 그런 건 아니고…… 어르신에게 허락을 구해야 하는데 건너뛰셨더라고요. 평소에도 소홀하셨고."

"어르신이요?"

"네, 어르신이요."

나는 여자 입가에 미소가 걸렸다가 사라지는 걸 놓치지 않고 봤다. 침묵이 길어지기 전에 엄마가 어리둥절한 얼굴로 물었다.

"저 어르신이라면…… 누구를 말씀하시는 건지?"

우리 집안의 어르신을 말하는 거라면 할머니일 텐데 할머니는 한참 전에 돌아가셨다. 엄마나 아빠를 두고 어르신이라고 할 리는 없다.

나는 오묘해지는 대화를 들으며 아랫입술에 일어난 각질을 뜯었다. 엄마가 봤다면 제발 입술 좀 가만 내버려 두라고 잔소리했을 테지만, 지금 엄마는 여자에게 집중하느라 나를 살필 겨를이 없어 보였다.

"가신과 먼저 합의하고 매수인에게 넘겨야 합니다."

"네?"

다시 엄마 목소리가 커졌다. 옆에서 듣고 있던 나도 덩달아 놀라 되묻고 말았다.

"뭐라고요?"

"최근에 구렁이를 보신 적 있나요?"

구렁이.

그러니까 뱀과의 한 종류를 본 적이 있냐고 여자가 물었고, 나와 엄마는 잠깐 시선을 주고받고는 그런 경험 없다고, 옛날에도 없었고 아마 앞으로도 없을 거라고 얼떨떨하게 대답했다.

"더 늦기 전에 만나 뵈러 가시는 게 좋겠습니다."

"……누구를, 구렁이를요?"

"네. 집이 아주 넘어가기 전에 최씨 후손이 직접 만나러 왔으면 하세요."

세상에 무슨 그런 농담이 있냐고, 어린 나도 그 말이 거짓이란 것쯤은 알겠다고 따지기 전에 엄마가 물었다.

"오빠가 시켰어요? 사고 쳐서 미안하다고 무슨 이벤트 하는 거예요?"

"아뇨. 장난 같은 게 아니에요."

여자가 단호하게 말했다.

"믿기 어려우시다는 걸 알아요. 이해합니다."

무릎 언저리에서 핸드폰으로 '가신'을 빠르게 검색해 본 나는 여자를 살펴보았다. 거짓말을 하는 얼굴 같지는 않은데 어느 순간부터 건네는 말 모두가 거짓말 같다.

"역시 증명할 수밖에 없겠군요."

문득 여자가 두리번거리며 말했다.

뭔가를 찾는 듯한데 마땅한 걸 발견하지 못했는지 급기야는 일어서서 집 안을 훑기 시작했다. 눈빛이 바뀌었다고나 할까. 여자는 탐지견처럼 에어컨이나 화분에 얼굴을 가까이 대고 냄새를 맡기도 했다.

"그들한테선 주로 송진 냄새가 나거든요."

엄마와 나는 베란다로 향하는 여자 곁으로 주춤주춤 다가갔다. 나는 송진 냄새가 무엇인지 잘 몰랐지만 일단 여자를 따라 킁킁거려 봤다.

"신축 아파트여서 아마 안 계실지도 모르는데."

중얼거리며 베란다 문을 연 여자가 대뜸 허리를 굽혀 수도꼭지 쪽을 뚫어져라 보았다.

"아······! 여기 계시네요."

여자가 돌아서며 미소를 지었다. 베란다에는 엄마가 기르는 다육식물과 화초 따위가 저물기 시작한 햇살을 받고 있었다. 살짝 열어 둔 창문으로 매미 우는 소리가 들렸다.

"보통 장독에 붙어 계시는 편인데, 화분 많은 집에선 식물 근처에 붙기도 해요."

황당한 말에 엄마와 내가 고개를 쭉 빼자, 여자가 수도꼭지 손잡이 부분을 가리켰다.

"가신입니다."

거기에는 웬 달팽이 한 마리가 있었다.

"이 집을 수호하는 분이시죠."

"달팽이가요?"

믿을 수 없어 묻자,

"네, 달팽이가요."

여자가 바로 대답했다.

우리는 느릿느릿 기어가는 달팽이와 여자를 번갈아 보았다. 말도 안 된다고 웃으려 할 때였다.

"어이."

목소리가 들려왔다. 정확히 달팽이가 있는 쪽에서.

"어어어이."

그날 우리 집을 수호하고 있는 신의 목소리를 처음 들은 그때, 엄마와 내가 기절하지 않은 건 아마도 할머니에게 이어받은 담력 덕분이었을 것이다. 어떠한 자극에도 평정을 잃지 않는 용감한 기운 덕분에 우리에게 찾아온 그 이상하고 놀라운 일을 환상이 아닌 현실로 받아들일 수 있었다.

그렇게 해서 주말이 되자마자 우리는 여자를, 연순영 씨를 따라서 고택으로 향했다.

작년부터 작은 서점을 운영하는 엄마는 개인 사정으로 이틀 동안 쉬게 됐다는 공지 사항을 인스타그램과 트위터 계정에 급히 올렸다. 아빠가 새벽에 일어나 싸 준 참치김밥을 열 줄이나 챙겨 온 우리는 고속도로에 진입하기 전 편의점에 들러 과자와 캐러멜도 샀다.

여자가 찾아온 날 태권도 학원에 가 있던 은규는 소풍 갈 때만 메는 노란색 배낭을 들고 왔다.

차 안에서 여자는 다시 한번 자기소개를 했다.

"연순영입니다. 공인중개사이자 풍수 역학 전문가죠."

그러면서 자신은 이상한 사람이 아니라고 거듭 강조했다. 세상에는 보기에 낯설어도 특별한 능력을 가진 사람이 많다고도 했다. 그 능력이란 것이 단순히 청각이 뛰어나다거나 기억력이 좋다는 말이 아니란 것을 나도 알고 엄마도 알았다. 은규만 몰랐다.

"저는, 저는."

앞니가 빠져 발음이 새는 은규가 쫓기듯이 외쳤다.

"신성초등학교 1학년 1반 7번 김은규입니다. 손톱을 잘 깎고요."

은규가 화답하듯이 자기소개를 하는 바람에 나는 살짝 고민하다가 입을 열었다.

"신성중학교 3학년 3반 23번 김은재입니다."

조수석에 앉은 엄마는 입술을 씰룩이다가 "최혜수입니다."라고만 소개했다.

"혈액형이! 혈액형은 뭐예요?"

은규가 거의 소리 지르듯이 물었고 여자는 O형이에요, 하고 웃으며 대답했다.

"저도 O형이다요."

모든 말끝에 '요'를 붙이면 정중한 말이 되는 거라고 믿는 은규의 화법은 오늘도 이상했다.

"그렇군요."

기뻐하는 은규에게 백미러를 통해 웃어 준 여자는 능숙히 차를 몰았다. 여자가 운전하는 아반떼를 타고 한 시간 정도 달려서 익숙한 고택에 디다랐다. 선날 밤에 비가 내렸는지 할머니 집에서는 짙은 풀 냄새가 풍겼다. 보면 볼수록 정답고 아름다운 집이었고 그런 생각이 깊어지는 만큼 속상해졌다.

할머니가 지금 여기 계시면 좋을 텐데. 이 집에 여전히 살아 계셔서 명절 연휴도 아닌 날 방문한 우리를 보고 기뻐하셨다면 좋았을 텐데. 울적해진 나는 괜히 두리번거렸다.

그나저나 이 집에 구렁이가 살고 있다니.

어째서 그동안 한번도 보지 못했을까?

나는 은규 손을 꼭 잡고 집 안으로 들어섰다. 서류 뭉치를 든 여자가 한발 앞섰고, 우리는 여자를 따라서 기와집을 반 바퀴 돌았다.

"웬 짚단이지?"

여기에 이런 게 있었나 하고 엄마가 중얼거리는 걸 듣고 여자가 돌아서서 말했다.

"터줏가리예요. 옛날부터 집터를 지키고 집안의 장맛을 유지하는 데 도움을 준 신이죠."

"……이상하네요. 이 집이 원래 이렇게 음기 충만했었나?"

"골고루 조화로운 집입니다. 어르신 덕분에요. 누가 같이 사는데, 그게 사람은 아닌 것 같단 느낌이 들면 가신이 가까이에 있는 거라고 보시면 됩니다."

"가신은 착한 신인가요?"

가만히 따라가던 나는 궁금증을 참지 못하고 물었다. 혹시라도 못된 신이라면 만나지 않는 편이 나으니까.

"글쎄요."

여자가 어깨를 으쓱했다.

"재산을 모으는 데 도움을 주고 집안이 화목하도록 돌봐 주시니까 선하다고 할 수 있죠. 다만…… 가끔 골치가 좀 아플 수도 있고요."

그 말은, 신이 언제나 상냥하기만 하진 않다는 뜻일 테다.

나는 여자가 말한 예외를 생각하며, 팥죽이나 소금을 사 왔어야 했다고 후회했다. 어디선가 본 적 있었다. 나쁜 귀신을 물리치려면 소금을 뿌리거나 팥죽을 차려 놓는 게 좋다고. 그런 게 소용이 있을까 싶지만, 아무리 쓸모없어 보여도 때로는 마음과 관련지을 수만 있다면 준비해 두는 게 좋은 물건들이 있다.

"미리 말씀드린 대로."

이런저런 생각으로 머릿속이 복잡할 때, 여자가 힘차게 말했다.

"오늘은 이 집에서 자고 갈 겁니다."

캠핑용품을 집 안에서 사용할 줄이야.

나는 침낭에 누워 천장을 멀뚱멀뚱 바라보았다.

"누나 잠이 안 와?"

은규가 물었고 나는 부스럭거리며 돌아누웠다.

"응. 너 얼른 자."

"나도 잠이 안 오는데? 안 졸린데?"

"그럼 양을 세어 봐."

"양? 다른 거를 세어도 되나?"

"그러든지."

은규가 티라노사우루스 한 마리, 티라노사우루스 두 마리, 하면서 공룡을 셀 때였다.

처마에서 뭔가 떨어진 것 같은 둔탁한 소리가 들렸다. 이어서 마루 위를 미끄러지는 부드러운 소리!

잘못 들은 게 아니었다. 나와 은규는 동시에 침낭을 박차고 일어나 앉았다. 태블릿 화면을 들여다보고 있던 여자가 고개를 들었다. 거짓말처럼 송진 냄새가 났다. 그것이 송진 냄새라는 걸 묻지 않아도 알 수 있었다.

"오셨네요."

여자가 조그맣게 말하고는 장지문 앞에 바짝 다가가 앉았다. 구렁이가 찾아왔다.

누구세요, 물으니 구렁이올시다, 하는 목소리가 들려왔다.

"지금 문을 열 테니 혹시 놀라더라도 소리를 지르진 마세요."

그렇게 말한 여자가 천천히 문고리를 잡아당겼다.

거기, 마루 위에 거대한 황갈색 뱀이 똬리를 틀고 있었다.

은규는 비명을 지르진 않았지만 딸꾹질을 하기 시작했고, 엄마 역시 놀랐는지 갑자기 수건을 잡아 돌돌 말았다. 여차하면 무기처럼 휘두를 작정인 듯했다.

"상의 없이 이 집을 팔았더군."

구렁이가 혀를 날름거리며 문지방을 넘어왔다.

"대주는 어디에 있는가? 자네인가?"

우리는 말없이 그의 눈치를 살피기만 했다.

대주란 무엇인가, 또 국어사전을 찾아봐야 하나, 망설이는데 여자가 입을 열었다.

"문서상의 주인 말고 실질적인 큰 주인과 함께 왔습니다."

"그래?"

구렁이가 머리를 곧추세워 우리를 차례차례 바라보았다. 엄마와 나, 은규 중에 누가 '큰 주인'인지 살피는 모양이었다.

"접니다."

아마도, 라고 덧붙이며 엄마가 한 손을 들어 보였다. 구렁이가 너구나, 하면서 엄마에게 느릿느릿 다가왔다.

"대주가 바뀌면 새로운 성주를 모셔야 하는데, 그런 절차를 싹 다 무시했더군. 괘씸한!"

구렁이가 쉭쉭거리며 짜증을 냈지만 엄마는 움츠러들지 않았다. 오히려 엄마는 조금 억울해 보였다. 엄마는 몰랐던 임무를 외삼촌이 똑 부러지게 해내지 못해 뒤처리를 하고 있으니 슬슬 언짢아지는 것 같았다.

"그 일을…… 해결하러 왔습니다."

해결하려고 제가 왔습니다. 딸과 아들을 데리고요. 엄마가 전혀 주눅 들지 않은 얼굴로 말했다.

"자네 이름이 뭔가?"

"최혜수입니다."

"최혜수."

뒤로 몸을 물린 구렁이가 눈을 가늘게 뜨며 말했다.

"집을 허문다고 들었네만. 이 무슨 무례한 짓이야?"

구렁이는 역시 화가 나 있었다. 금방이라도 욕을 할 것 같았다.
바보나 멍청이보다 더 센 욕이 구렁이 입에서 튀어나올 것 같았고
엄마도 같은 생각이었는지 은규 머리 위로 수건을 덮어 주었다.
폭신한 수건이 은규의 양쪽 귀를 가리는 모습을 지켜본 구렁이는
한동안 혓바닥만 날름거렸다.

"나는 이 집을 오랫동안 지켜 왔어. 구석구석 스며들어 살고 있

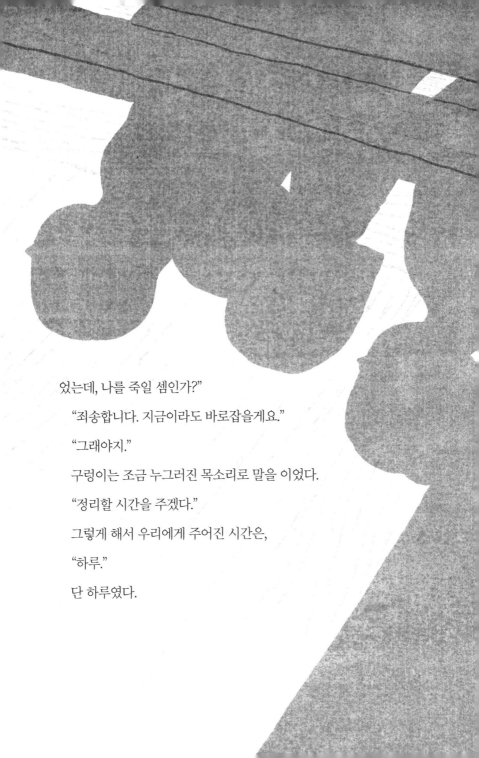

었는데, 나를 죽일 셈인가?”

“죄송합니다. 지금이라도 바로잡을게요.”

“그래야지.”

구렁이는 조금 누그러진 목소리로 말을 이었다.

“정리할 시간을 주겠다.”

그렇게 해서 우리에게 주어진 시간은,

“하루.”

단 하루였다.

그 말을 내뱉고 나서 구렁이는 어둠 속으로 사라졌다. 멀리서 풀벌레가 울었다. 조금 전까지만 해도 고요했는데, 벌레 우는 소리로 밤이 다시금 시끄러워졌다.

"24시간 안에 해결할 수 있는 일이에요?"

엄마가 멍한 얼굴로 물었다.

"해내야죠."

여자가 대답했다.

"한 집에 성주가 둘일 수는 없어요."

손전등 네 개를 한가운데 켜 놓고 동그랗게 앉아 있는 우리를 누군가 지나가다가 본다면 저 사람들 늦여름 밤에 무서운 얘기라도 나누는 모양이군, 할지도 몰랐다. 무서운 이야기를 재미 삼아 나누는 게 아니라, 무서운 이야기 한복판에 있다는 사실이 믿기지 않아 가만히 무릎 위를 꼬집어 봤다. 아팠다.

"이전의 주인을 잘 보내고 새로운 주인을 맞이할 수 있도록 비워 놔야 합니다. 일종의 대청소라고 할 수 있죠."

"어떻게 해야 하는데요? 그…… 청소라는 거요."

"성줏대를 태워서 뒷산에 묻어야 해요."

"성줏대가 뭔데요?"

수건을 살짝 들어 올린 은규가 물었다.

"우리가 찾아야 할 성스러운 물건입니다. 대나무나 소나무로 만든 건데, 이만한 거예요."

여자가 손가락을 펼쳐 보이고는 엄마를 바라보았다.

"전부 챙겨 오셨나요?"

"네."

엄마는 미리 방에 꺼내 둔 마카롱 세트와 생수병을 집었다. 요즘 신들은 말린 명태보다 마카롱이나 마들렌, 다쿠아즈를 좋아한다는 말을 듣고 미리 구움과자 전문점에 들러 사 온 거였다.

준비물을 확인한 여자가 고개를 끄덕였다.

"날이 밝자마자 시작하죠. 잠깐이라도 눈 좀 붙여요."

침낭 속에서 얇은 잠을 자고 일어난 우리는 이른 새벽에 마당에서 두 손을 모았다. 정확히는 마카롱과 생수 앞에서.

새들이 보기에도 영 희한한 모습이었는지 머리 위로 참새 떼가 몇 번이나 날아갔다.

"마음속으로 뭐라고 빌어요?"

작은 두 손을 모은 은규가 정적 속에서 물었다. 무턱대고 우리 가족의 안녕을 빌고 있던 나는 뜨끔하며 눈을 떴다.

"그동안 고마웠습니다, 하고 인사하면 될 거예요."

여자가 말했다.

나는 크게 심호흡을 하고 다시 인사했다. 고마웠습니다. 할머니 집 덕분에 가끔 지루하고 자주 신났어요. 그리울 거예요. 그렇게 인사하자 이상하게도 홀가분한 기분이 들었다.

간단히 시리얼을 먹은 우리는 2인 1조가 되어 집 주변을 돌아다니기 시작했다. 나는 여자와 한 팀이었다.

"무섭지 않아요?"

집 뒤편에 할머니가 가꿔 놨던 밭을 내려다보며 여자가 물었다.

나는 고개를 저었다.

"괜찮아요. 처음엔 좀 놀랐는데."

여자가 빙그레 웃었다.

"용감하네요."

"구렁이를 보는 사람이 우리 말고도 많아요?"

"요샌 별로 없죠. 게다가……."

여자가 곰곰이 생각하는 얼굴로 중얼거렸다.

"믿지 않으면 모습을 나타내지 않아요, 신들은."

늠름하고 온순한 인상을 가졌지만, 목소리만은 신경질적이었던 구렁이를 떠올릴 때였다.

"누구냐."

낯선 목소리가 들렸다. 나는 발치를 내려다보곤 으악, 하며 깡충 뒤로 물러났다.

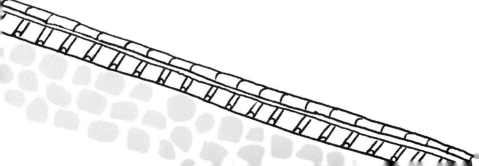

"업신이시네요."

여자가 허리를 숙여 두꺼비를 물끄러미 바라보았다.

"업신?"

"집안의 재물을 챙겨 주는 신입니다. 또 다른 가신이오."

두꺼비가 위협적으로 높이 뛰어 댔다.

"너희, 너희 왜 왔지?"

"성줏대를 찾고 있습니다."

허리를 숙인 여자가 두꺼비와 눈높이를 맞추며 대답했다. 점프
하는 걸 멈춘 두꺼비가 나른하게 눈을 깜빡였다.

"그거라면 노송이 잘 알지. 뭐든 아는 선생이니까."

"노송이요?"

"저기 삼백 해를 넘겨 살고 있는 소나무가 있을 거야. 그분한테
가 보게."

우리는 두꺼비가 가리킨 방향으로 걸었다. 거기 과연 거대한 소나무가 있었다.

나무도 이야기할 수 있을까?

나는 미심쩍은 얼굴로 여자를 올려다보았다.

"말할 수 있어요."

"정말요?"

"네. 나무도, 바위도."

기다렸다는 듯이 설명하는 여자를 보며 나는 고개를 끄덕였다. 하긴 구렁이도 두꺼비도 하는 말을 나무라고 못 하겠나, 하는 생각이 들었다.

산바람이 불어왔다. 나뭇가지를 박차고 까치가 날아갔다.

"성주는 대주를 믿고 대주는 성주를 믿는 법이지."

나무가 말했다.

짓궂은 목소리가 옛다, 하더니 발치에 뭔가가 떨어졌다. 여자가 무릎을 굽히고 그것을 조심스럽게 주워 들었다.

성줏대였다.

"이런."

은규가 아쉬운 얼굴로 중얼거렸다.

"내가 찾고 싶었는데."

"이건 보물찾기가 아니야."

아무리 타일러도 크게 실망한 것 같았다.

"이런."

은규가 다시 중얼거렸다. 은규가 생각하기에 '이런'은 가장 우아하고 있어 보이는 감탄사여서 집에서도 종종 이런, 젓가락이 바닥에 떨어졌네, 하거나 이런, 아빠는 왜 흰머리가 났지, 하며 혼잣말하곤 했다.

우리는 성줏대를 잘 태워서 뒷산에 묻었다.

시내에 나가 칼국수를 사 먹고 돌아온 우리는 마카롱과 생수를 마루에 올려 두고 느긋하게 달이 뜨길 기다렸다. 구름 사이로 마침내 달이 드러나자 집 주변에 있는 가로등이 전부 꺼졌고 은규가 이런, 하고 외쳤다.

휴대폰 불빛을 처마 쪽으로 비추자 스르륵 미끄러져 내려오는 구렁이가 보였다. 커다랗고 윤기 흐르는 몸이 오늘도 은은하게 빛나고 있었다.

"잘했군."

가까이 다가온 파충류의 눈동자가 연녹색으로 반짝였다.

오늘 구렁이 목소리에는 만족스러운 웃음기가 배어 있었다.

"이젠 잊지 말라고, 신은 집안 곳곳에 있다는 걸. 부엌에도 변소에도 있으니 늘 말조심하고."

떠나기 전 구렁이가 인심 쓰듯이 말했다.

"잘 있게! 시끄러운 집안이어도 돌보는 재미가 쏠쏠했어."

쉭쉭 소리를 내며 웃은 구렁이가 멀어졌다. 우리 집의 길흉화복은 앞으로도 회전하겠지. 행복하다가도 불행하겠지. 그사이 또 다른 신이 집안으로 복을 끌어와 줄 수도 있겠다고 생각하자 울렁거리던 마음이 잠잠해졌다.

"고생하셨습니다."

무사히 신을 배웅한 우리는 여자와도 인사를 나눴다. 우리를 집 앞까지 태워다 준 여자와 엄마는 한참 대화를 나눴다. 차라도 한 잔하고 가시라는 엄마 말에 여자는 점잖게 고개를 저으며 할 일이 있어 이만 가 봐야 한다고 말했다.

"안녕."

여자는 나와 은규에게도 인사하는 걸 빼먹지 않았다.

"건강히 잘 지내요."

"할머니 집에 또 언제 갈까요?"

은규 말에 여자는 글쎄 언제일까요, 하면서 가만히 미소 지었다.

"다른 가신을 만나러 가는 거예요?"

운전석으로 향하는 여자에게 조심히 묻자, 살짝 돌아선 여자가 고개를 끄덕여 보였다. 그러고는 나에게만 들릴 법한 목소리로 말했다.

"이번에는 바닷가로 가요. 제주도."

나는 바닷바람을 맞으며 집을 지키고 있을 누군가를 생각했다.

"안녕히 가세요."

"잘 있어요."

그리고 여자와 다시는 만나지 못할 거라는 예감이 들었다. 슬프거나 아쉽지는 않았다. 바닷가와 한적한 산속 마을, 아니면 도시에 있는 여러 집을 방문하며 언제까지나 잘 지내리라고 생각했다. 여자가 다녀가는 집마다 행운과 불행이 마카롱 같은 과자만으로도 좋은 쪽으로 정돈될 거라는 느낌이 들었다.

그날, 기묘하고 정신없던 여름밤 이후.

엄마는 큰일을 치른 이답게 더욱 용감해졌다. 집안의 대들보로 남자만을 말해선 안 되지. 이젠 여자 대주가 대세니까. 가끔 맥주를 마시며 우리 남매에게 눈을 찡긋하곤 했다. 아빠는 모르는 우리만의 비밀 같은 하루였다.

오붓하고 오싹했던 여름을 통과하면서 우리는 키가 조금 자랐고, 집에 머물 때나 집을 나설 때면 보이지 않는 우리 가족만의 보호자를 생각했다.

어쩌다 밤늦게 혼자 깨어 있거나, 집에 혼자 있을 때면 거기 있나요, 하고 묻고 싶어졌다. 그러면 어디선가 여기 있다, 하는 듬직한 목소리가 들려올 것만 같았다.

집에서 홀로 안부를 묻는 대신에 나는 길가에 핀 꽃이나 나무만
봐도 그들이 조용히 말을 걸까 봐 귀를 기울이게 되었다. 처마 밑
에 살던 구렁이와 마주했던 것처럼, 만물 안에 깃들어 사는 누군
가와 다시 얼굴을 맞댈 날을 기대하면서 걷게 되었다.

그럴 때면 조금도 모자람 없이 편안해진다. 넉넉히 즐거워진다.

작가의 말

전설과 전승 문화 등에 끌린 지 오래이며, 오래되었거나 희귀한 물품 보기를 좋아합니다. 이는 아버지에게 받은 영향이 큽니다. 도서관의 서가 사이를 걷는 재미와, 기물이나 서화 구경하는 보람을 알려 주어서 고마워요. 덕분에 쓰는 재미를 안고 살아가는 어른이 되었습니다. 베란다에서 화초 가꾸기를 좋아하는 어머니를 보면서는 오늘날 집을 지키는 신이 있다면 창문 가까이에 머물고 있지 않을까, 생각했답니다.

우리 곁에 머무는 존재가 사람이나 동식물만이 아니라는 상상을 할 때마다 여전히 즐겁습니다. 아마도 끝없는 기쁨이 될 것 같습니다. 쓰는 동안 즐거웠던 『거기, 있나요?』가 여러분께도 유쾌하게 가닿으면 좋겠습니다. 이 이야기를 읽는 동안만큼은, 집을 지키고 그 집에 사는 이를 보살펴 주는 누군가가 꼭 있어서 좋은 운수를 가져다주기를 빕니다.

한 권의 책을 선보일 때마다 고마운 분들이 늘어 갑니다. 놀랍고 멋진 그림으로 함께해 주신 조승연 작가님과 『거기, 있나요?』를 세심히 살펴 주신 조진령 편집자님께 존경과 감사한 마음을 전합니다. 계속 쓸 수 있도록 용기를 주는 가족과 친구들에게도 늘 고맙습니다.

2023년 가을
이필원

천천히
　읽는
짧은
　소설 **05**

거기, 있나요?

2023년 10월 25일 처음 찍음

글쓴이 이필원 | **그린이** 조승연

펴낸곳 도서출판 낮은산 | **펴낸이** 정광호 | **편집** 조진령 | **디자인** 하늘 · 민 | **제작** 정호영

출판 등록 2000년 7월 19일 제10-2015호 | **주소** 04048 서울시 마포구 어울마당로5길 16 반석빌딩 3층

전화 02-335-7365(편집), 02-335-7362(영업) | **팩스** 02-335-7380

홈페이지 www.littlemt.com | **이메일** littlemt2001ch@gmail.com | **인스타그램** @little_mt2001

제판 · 인쇄 · 제본 상지사 P&B

ⓒ 이필원, 조승연 2023

ISBN 979-11-5525-168-3 43810

*잘못 만들어진 책은 바꾸어 드립니다.　*책값은 뒤표지에 표시되어 있습니다.

*이 책 내용의 일부 또는 전부를 재사용하려면 반드시 저작권자와 도서출판 낮은산 양측의 동의를 받아야 합니다.